MW01482726

Mark Twain
Das Tagebuch von Adam und Eva

Mark Twain

Das Tagebuch von Adam und Eva

Aus dem Englischen neu übersetzt
von Kim Landgraf

ANACONDA

Die beiden Tagebuchteile »Extracts from Adam's Diary« und »Eve's Diary«,
die zusammen *The Diary of Adam and Eve* bilden, erschienen zuerst in der
Sammlung *The $30,000 Bequest, and Other Stories.* London & New York:
Harper & Bros. 1906.

Die Deutsche Nationalbibliothek verzeichnet diese Publikation in der
Deutschen Nationalbibliografie; detaillierte bibliografische Daten sind
im Internet unter http://dnb.d-nb.de abrufbar.

Umschlagmotiv: William Morris (1834–96), »Bird and Pomegranate«
Wallpaper Design, printed by John Henry Dearle, 1926 / Private Collection /
The Stapleton Collection / bridgemanart.com
Umschlaggestaltung: Druckfrei. Dagmar Herrmann, Köln
Satz und Layout: InterMedia, Ratingen
Printed in Czech Republic 2011
ISBN 978-3-86647-599-1
www.anacondaverlag.de
info@anaconda-verlag.de

TEIL 1
AUSZÜGE AUS ADAMS TAGEBUCH

Dieses neue Wesen mit den langen Haaren ist ziemlich im Weg. Es lungert immer irgendwo herum und rennt mir hinterher. Das gefällt mir nicht. Ich bin Gesellschaft nicht gewöhnt. Ich wünschte, es würde bei den anderen Tieren bleiben ... Wolkenverhangener Tag heute, Wind aus östlicher Richtung, glaube, wir werden Regen haben ... *Wir?* Wo habe ich dieses Wort her? Jetzt fällt es mir ein – das neue Wesen hat es benutzt.

Habe mir den großen Wasserfall angesehen. Das ist das Schönste, was dieses ganze Land zu bieten hat, glaube ich. Das neue Wesen nennt ihn Niagarafälle – ich habe nicht die geringste Ahnung, warum. Sagt, es *sähe aus* wie die Niagarafälle. Das ist doch kein Grund, das ist nur Eigensinn und Idiotie. Ich habe gar keine Chance, irgendwelchen Dingen selbst einen Namen zu geben. Das neue Wesen gibt allem einen Namen, was ihm unter die Augen kommt, bevor ich auch nur Einspruch erheben kann. Und immer kommt es mit dergleichen Ausrede – *es sieht so aus*. Da gibt es zum Beispiel diesen Dodo. Sagt im selben Moment, wo man ihn anschaut, man sähe auf den ersten Blick, dass er »aussieht wie ein Dodo«. Er wird diesen Namen behalten müssen, kein Zweifel. Ich bin es müde, mich darüber aufzuregen, und es hat ohnehin keinen Zweck. Dodo! Er sieht genauso wenig aus wie ein Dodo wie ich.

Habe mir einen Regenschutz gebaut. War dann
aber doch nicht möglich, ihn in Ruhe zu genie-
ßen. Das neue Wesen kam mir dazwischen. Als
ich versuchte, es hinauszuwerfen, vergoss es
Wasser aus den Löchern, mit denen es sieht,
wischte die Tropfen mit dem Rücken seiner
Pfoten fort und machte dabei ein Geräusch, wie es
manche von den anderen Tieren machen, wenn sie
Schmerzen haben. Ich wünschte, es würde nicht
reden, es redet die ganze Zeit. Das klingt wie ein
billiger Seitenhieb gegen diese arme Kreatur, eine
Verleumdung, aber so meine ich es nicht. Ich habe
die menschliche Stimme vorher nie gehört und
jedes neue, fremde Geräusch, das sich in die
erhabene Stille dieser träumerischen Einsamkeit
drängt, schmerzt mir in den Ohren und klingt
falsch. Und dieses neue Geräusch ist mir so nah,
direkt an meiner Schulter, an meinem Ohr, erst
auf der einen, dann auf der anderen Seite, und ich
bin nur an Geräusche gewöhnt, die mehr oder
weniger weit von mir entfernt sind.

9

FREITAG

Das Namengeben geht unbekümmert weiter, egal, was ich dagegen unternehme. Ich hatte einen tollen Namen für diesen Ort. Er war klangvoll und hübsch – *der Garten Eden*. Wenn ich alleine bin, nenne ich ihn weiter so, aber nicht länger öffentlich. Dieses neue Wesen sagt, es sei alles nur Wald, Felsen und offene Landschaft und habe deswegen keinerlei Ähnlichkeit mit einem Garten. Sagt, es *sähe aus* wie ein Park und auf keinen Fall wie irgendetwas anderes. Folglich wurde er, ohne mich zu fragen, umbenannt in *Niagarafällepark*. Das scheint mir aber doch recht willkürlich. Es steht sogar schon ein Schild da:

BETRETEN DES RASENS VERBOTEN!

Meine Tage sind nicht mehr so glücklich wie früher.

Das neue Wesen isst zu viele Früchte. Irgend-
wann haben wir dann gar keine mehr, höchst-
wahrscheinlich. Schon wieder »wir« – das ist
doch *sein* Wort. Jetzt auch meins, weil ich es so
oft höre. Ziemlich viel Nebel heute morgen. Ich
selbst gehe bei Nebel nicht nach draußen. Das
neue Wesen schon. Es geht bei jedem Wetter raus
und stapft mit seinen dreckigen Füßen wieder
herein. Und redet. Es war früher so angenehm
und ruhig hier.

SONNTAG

Wacker geschlagen. Dieser Tag wird immer anstrengender. Er wurde letztes Jahr im November zum Ruhetag erkoren. Früher hatte ich davor schon sechs pro Woche. Heute morgen das neue Wesen dabei ertappt, wie es versuchte, Äpfel von diesem verbotenen Baum zu pflücken.

Das neue Wesen sagt, sein Name sei Eva. Ich habe nichts dagegen, das geht schon in Ordnung. Sagt, ich könne damit nach ihm rufen, wenn ich möchte, dass es kommt. Ich sagte, dann sei der Name ja verzichtbar. Mit diesem Wort bin ich offenbar in ihrer Achtung gestiegen. Es ist tatsächlich ein großes, gutes Wort und verträgt Wiederholung. Es sagt, es sei kein Es, es sei eine Sie. Das ist wohl eher nicht so sicher, aber wen kümmert das schon. Mir wäre völlig egal, was sie ist, wenn sie mich einfach nur in Ruhe lassen und nicht reden würde.

DIENSTAG

Sie hat das gesamte Gelände mit scheußlichen
Namen und ärgerlichen Schildern verschandelt:

HIER ENTLANG ZUM WASSERSTRUDEL
HIER ENTLANG ZUR ZIEGENINSEL
ZUR HÖHLE DER WINDE HIER ENTLANG

Sie sagt, dieser Park würde einen netten
Sommerkurort abgeben, wenn es dafür irgend-
einen Bedarf gäbe. Sommerkurort – auch so eine
Erfindung von ihr. Nichts als leere Worte, ohne
jede Bedeutung. Was ist bitte ein Sommerkurort?
Aber man fragt am besten nicht nach. Sie ist
fürchterlich erklärungswütig.

Sie hat angefangen, mich inständig zu bitten,
nicht mehr die Wasserfälle zu überqueren. Was
ist daran so falsch? Sagt, das macht sie schau-
dern. Ich frage mich, warum; ich habe das immer
gemacht – mochte immer den Sprung und die
Kühle. Ich dachte, dafür seien die Wasserfälle da.
Ich kann keinen anderen Sinn darin sehen, und
für irgendetwas müssen sie doch gemacht sein.
Sie sagt, sie seien nur dafür gemacht, schön
auszusehen – genau wie das Rhinozeros und das
Mastodon.

Ich habe die Fälle in einem Fass überquert – sie
war nicht zufrieden. Habe sie in einem Boot
überquert – sie war noch immer nicht zufrieden.
Bin durch den Strudel und die Stromschnellen in
einem Feigenblattanzug geschwommen. Der hat
ziemlich gelitten. Von da an endlose Beschwer-
den über meine Extravaganzen. Hier wird zu viel
auf mir herumgehackt. Was ich brauche, ist ein
Ortswechsel.

DIENSTAG

Letzten Dienstagabend bin ich geflüchtet, zwei
Tage gelaufen und habe mir an einem versteckten
Ort eine neue Hütte gebaut und meine Spuren
verwischt, so gut es ging. Aber sie hat mich
aufgespürt, mit Hilfe eines wilden Tiers, das sie
gezähmt hat und einen Wolf nennt, und sie kam
und machte wieder dieses mitleiderregende
Geräusch und vergoss dieses Wasser aus den
Stellen, aus denen sie schaut. Ich war gezwungen,
mit ihr zurückzugehen, werde aber augenblick-
lich wieder verschwinden, sobald sich eine
Gelegenheit bietet. Sie beschäftigt sich mit vielen
törichten Dingen – unter anderem will sie
unbedingt herausfinden, warum diese Tiere, die
Löwen und Tiger heißen, von Gras und Blumen
leben, wo doch, wie sie sagt, die Art von Zähnen,
die sie tragen, darauf hinweist, dass sie eigentlich
dazu bestimmt sind, sich gegenseitig zu fressen.
Das ist töricht, denn das würde bedeuten, dass sie
sich das Leben nehmen, und das wiederum
würde, wie ich es verstehe, das auf den Plan

bringen, was man »Tod« nennt, und der Tod, so hat man mir erklärt, hat bisher keinen Eingang in den Park gefunden. Was – in mancherlei Hinsicht – wiederum schade ist.

Wacker geschlagen.

Ich glaube, ich verstehe jetzt, wozu die Woche da ist: Zeit zu haben, sich von den Erschöpfungen des Sonntags zu erholen. Scheint eine gute Sache zu sein … Sie ist schon wieder in diesen Baum geklettert. Hab sie dann da rausgeholt. Sie sagte, niemand hätte es gesehen. Scheint das für eine hinreichende Rechtfertigung zu halten, jedwede Art von Gefahr zu riskieren. Habe ihr das auch gesagt. Das Wort Rechtfertigung erregte ihre Bewunderung – und auch ihren Neid, dachte ich. Es ist ein gutes Wort.

Sie hat mir gesagt, dass sie aus einer Rippe gemacht wurde, die aus meinem Körper stammt. Das ist zumindest fragwürdig, wenn nicht mehr als das. Ich habe bisher keine Rippe vermisst … Sie macht sich große Sorgen wegen des Bussards: sagt, Gras sei nicht gut für ihn, hat Angst, dass sie ihn nicht aufziehen kann; glaubt, er sei dazu bestimmt, von verfaultem Fleisch zu leben. Der Bussard muss mit dem, was ihm geboten wird, so gut es geht zurechtkommen. Wir können hier nicht jede Ordnung über den Haufen werfen, nur um dem Bussard einen Gefallen zu tun.

Sie ist gestern in den Teich gefallen, als sie ihr
Spiegelbild betrachtete, was sie eigentlich die ganze
Zeit tut. Sie ist fast dabei erstickt und sagte, es sei
höchst unangenehm gewesen. Da tat es ihr plötzlich leid um all die Kreaturen, die darin leben, die
sie Fische nennt, denn sie fährt fort, an Dinge
Namen zu heften, die sie nicht brauchen und die
auch nicht kommen, wenn man sie bei diesen
Namen ruft, ein Umstand, der ohne jede Folge für
sie ist. Sie ist überhaupt ein solcher Hohlkopf ...
Hat also viele von ihnen da rausgeholt und letzte
Nacht zu uns in die Hütte gebracht und sie in mein
Bett gelegt, damit sie nicht frieren, aber ich habe sie
mir heute und den ganzen Tag lang angesehen und
kann nicht erkennen, dass sie dort irgendwie
glücklicher wären als vorher; einfach nur ruhiger.
Wenn es Nacht wird, werfe ich sie nach draußen.
Ich schlafe nicht noch einmal mit ihnen in einem
Bett, denn ich finde sie kalt und feucht und mag es
nicht, dazwischen herumzuliegen, wenn man gar
nichts anhat.

Wacker geschlagen.

Sie hat sich jetzt auf eine Schlange verlegt. Die
anderen Tiere sind froh, weil sie immer mit
ihnen herumexperimentiert und sie drangsaliert
hat. Und ich bin froh, weil die Schlange redet,
und ich endlich einmal Pause habe.

Sie sagt, die Schlange rate ihr, die Frucht von
diesem Baum zu probieren, und behaupte, das
Ergebnis sei eine erstklassige, eine glänzende und
vortreffliche Erziehung. Ich habe ihr gesagt, das
hätte auch noch etwas Zweites zur Folge – es
würde den Tod über die Welt bringen. Das war
ein Fehler. Es wäre besser gewesen, diese Bemer-
kung für mich zu behalten. Es hat sie nur auf die
Idee gebracht, dass sie dann endlich in der Lage
wäre, den kranken Bussard zu retten und die
verzweifelten Löwen und Tiger mit frischem
Fleisch zu versorgen. Ich habe ihr geraten, sich
fernzuhalten von diesem Baum. Sie sagte, das
würde sie nicht tun. Ich befürchte das
Schlimmste. Werde auswandern.

Ich hatte eine bewegte Zeit. Bin gestern Abend geflohen und ritt die ganze Nacht auf einem Pferd, so schnell es konnte, in der Hoffnung, endlich aus diesem Park zu verschwinden und mich in irgendeinem anderen Land zu verstecken, bevor das Unglück seinen Lauf nimmt; aber es sollte anders kommen. Etwa eine Stunde nach Sonnenaufgang bin ich durch eine blumenübersäte Ebene geritten, auf der Tausende von Tieren grasten, schliefen oder miteinander spielten, wie sie es gewohnt waren, plötzlich aber brachen sie aus in einen Sturm von entsetzlichen Geräuschen und im selben Augenblick war die Ebene von panischem Gedränge erfüllt und jedes Tier brachte seinen Nächsten um. Ich wusste, was das bedeutete – Eva hatte diese Frucht gegessen und der Tod war in die Welt gekommen ... Die Tiger fraßen mein Pferd und schenkten mir keinerlei Beachtung, als ich ihnen befahl, davon abzulassen, und sie hätten auch mich gefressen, wenn ich geblieben wäre – bin ich aber nicht, stattdessen habe ich in großer Eile das Weite gesucht …

Ich habe diesen Ort hier gefunden, außerhalb des Parks, und hatte es für ein paar Tage recht bequem, aber sie hat mich gefunden. Hat mich gefunden und den Ort Tonawanda genannt – sagt, er *sähe so aus*. Tatsächlich fand ich es gar nicht so schlimm, dass sie kam, denn es gibt hier nur magere Beute, und sie hat ein paar von diesen Äpfeln mitgebracht. Ich war genötigt, sie zu essen, ich hatte solchen Hunger. Es war gegen meine Überzeugung, doch ich stelle fest, dass Überzeugungen keine echte Kraft haben, außer wenn man satt ist …

Sie kam verhüllt in Zweigen und Blätterbündeln, und als ich sie fragte, was dieser Unsinn bedeute, und sie ihr entriss und auf den Boden warf, kicherte sie und wurde rot. Ich hatte bislang noch niemand kichern oder rot werden sehen. Ich fand, es war unangemessen und absurd. Sie sagte, ich würde selbst bald wissen, wie das ist. Das stimmte. Hungrig, wie ich war, legte ich den Apfel halb gegessen zur Seite – gewiss der beste, der mir angesichts der fortgeschrittenen Jahreszeit je in die Finger gekommen war – und bedeckte mich mit den abgeworfenen Zweigen und Ästen, dann sprach ich mit ihr in beträchtlicher Schärfe und befahl ihr, loszugehen und

noch mehr davon zu holen und nicht so ein
Theater zu machen. Sie tat es, und dann krochen
wir hinunter an den Ort, wo die Schlacht der
wilden Tiere stattgefunden hatte, und sammelten
ein paar Felle ein, und ich ließ sie ein paar
Kleider zusammenflicken, die man in der
Öffentlichkeit gut tragen konnte. Sie sind
unbequem, das ist wahr, aber elegant, und um
nichts anderes geht es doch bei Kleidern … Ich
finde, dass sie eine ziemlich angenehme Gefähr-
tin ist. Mir wird klar, dass ich ohne sie einsam
wäre und bedrückt, nun, da ich meinen Besitz
verloren habe. Und noch etwas. Sie sagt, es sei
jetzt so, dass wir in Zukunft für unseren Lebens-
unterhalt arbeiten müssen. Sie wird mir gute
Dienste leisten. Ich werde das beaufsichtigen.

ZEHN TAGE SPÄTER

Sie beschuldigt *mich*, Ursache unseres Verderbens zu sein! Und erklärt in vollem Ernst, dass die Schlange ihr versichert habe, dass die verbotenen Früchte nicht Äpfel, sondern Kastanien gewesen seien. Ich sagte, dann sei ich ja doch ohne Schuld, denn ich hätte nie eine Kastanie gegessen. Sie sagte, die Schlange hätte sie davon in Kenntnis gesetzt, dass »Kastanie« ein bildhafter Ausdruck sei, der in Wirklichkeit einen alten, schalen Witz meine, so etwas wie »olle Kamelle«. Da wurde ich blass, denn ich habe viele Witze gemacht, um die müde Zeit zu vertreiben, und einige von ihnen könnten durchaus von dieser Art gewesen sein, obwohl ich der ehrlichen Meinung war, sie wären neu gewesen, als ich sie machte. Sie hat mich gefragt, ob ich einen Witz gemacht hätte, als die Katastrophe über uns hereinbrach. Ich musste zugeben, dass ich mir selber einen erzählt hatte, aber nicht laut. Er ging so: Ich sann soeben über die Wasserfälle nach und dachte mir: »Wie zauberhaft das ist, diese

ungeheuren Wassermassen dort herunterstürzen
zu sehen!« Und im selben Augenblick schoss mir
ein glänzender Gedanke durch den Kopf, und ich
ließ ihn fliegen und dachte: »Doch wie viel
schöner wäre es, die Wassermassen dort *hinauf-
stürzen* zu sehen!« Und ich fing gerade an, mich
darüber schiefzulachen, als die gesamte Natur in
Wirrnis und Verderben fiel und ich um mein
Leben rennen musste. »Da hast du es«, rief sie
triumphierend, »das ist genau, was ich meine.
Von eben diesem Scherz hat die Schlange gesprochen, und sie nannte ihn die Erste Kastanie und
sagte, sie stamme aus der gleichen Zeit wie die
Schöpfung.« Ich bin tatsächlich daran schuld.
Ach, wäre ich doch nicht so geistreich. Ach, hätte
ich doch nie diesen strahlenden Gedanken
gehabt!

Wir haben es Kain genannt. Sie hat es gefangen, als ich landeinwärts am Nordufer des Eriesees Fallen stellte; hat es im Wald gefangen, zwei Meilen von unserem Unterschlupf entfernt – oder vielleicht auch vier, sie ist sich nicht sicher. Es sieht uns in mancher Hinsicht ähnlich und könnte ein Verwandter sein. Jedenfalls glaubt sie das, doch das ist meines Erachtens ein Fehler. Der Größenunterschied berechtigt zu dem Schluss, dass es sich um eine andere und neue Art von Tier handelt – vielleicht ein Fisch, doch als ich es ins Wasser warf, um das in Erfahrung zu bringen, sank es, und sie sprang hinterher und holte es wieder heraus, bevor das Experiment zu Ende war und uns Klarheit verschaffen konnte. Ich glaube noch immer, dass es ein Fisch ist, aber ihr ist egal, was es ist, und ich darf das Ding nicht haben, um es herauszufinden. Ich verstehe das nicht. Die Ankunft des Tieres scheint ihr ganzes Wesen verändert und ihr den Verstand geraubt zu haben, was Experimente betrifft. Sie denkt mehr an dieses als an alle anderen Tiere, ist aber nicht in der Lage, mir zu erklären, warum. Ihr Geist ist wirr – das zeigt sich an allen Ecken und Enden. Manchmal hält sie den Fisch die halbe Nacht im Arm und trägt ihn herum, wenn er sich beschwert und ins Wasser zurück will. Bei solchen Gelegenheiten kommt Wasser aus den Stellen in ihrem Gesicht, aus denen sie sieht, und sie klopft dem Fisch auf den Rücken und macht leise Geräusche mit ihrem Mund, um ihn zu beruhigen, und bekundet auf hundertfache Weise Kummer und Sorgen. Ich habe sie nie mit einem anderen Fisch so umgehen sehen, und das beunruhigt mich sehr. Früher hat sie die kleinen Tiger so herumgetragen und mit ihnen gespielt, bevor wir unseren Besitz verloren, aber es war immer nur Spiel. Sie hat sich mit ihnen nie so angestellt, wenn ihnen das Essen nicht geschmeckt hat.

SONNTAG

Sie arbeitet sonntags nicht, sondern liegt erschöpft herum und mag es, wenn sich der Fisch auf ihr herumwälzt. Und sie macht alberne Geräusche, um ihn aufzuheitern, und tut, als würde sie an seinen Pfoten kauen, und das bringt ihn zum Lachen. Ich habe noch nie einen Fisch gesehen, der lachen konnte. Das gibt mir zu denken … Inzwischen mag ich den Sonntag selbst. Die ganze Woche Aufsicht führen macht einen Körper so müde. Es sollte mehr Sonntage geben. Früher waren sie schwer zu ertragen, jetzt kommen sie mir sehr gelegen.

Es ist kein Fisch. Ich kann nicht genau erkennen, was es ist. Es macht seltsame, teuflische Geräusche, wenn es nicht zufrieden ist, und es sagt »buh-buh«, wenn doch. Es ist keiner von uns, weil es nicht läuft; es ist kein Vogel, weil es nicht fliegt; es ist kein Frosch, weil es nicht hüpft; es ist keine Schlange, weil es nicht kriecht. Ich bin mir sicher, dass es kein Fisch ist, obwohl ich keine Gelegenheit habe, herauszufinden, ob es schwimmen kann oder nicht. Es liegt einfach nur herum und die meiste Zeit auf dem Rücken mit den Füßen in der Luft. Ich habe gesagt, dass ich glaube, es sei ein Mysterium, doch ihr gefiel nur das Wort, ohne es zu verstehen. Meines Erachtens ist es entweder ein Mysterium oder irgendeine Art von Insekt. Wenn es stirbt, dann nehme ich es auseinander und sehe mir an, wie es gebaut ist. Nie hat mich irgendetwas so verwirrt.

Die Verwirrung wird größer, nicht kleiner. Ich schlafe nur wenig. Es hat aufgehört, nur dazuliegen, und läuft jetzt auf seinen vier Beinen herum. Und doch unterscheidet es sich von den anderen vierbeinigen Tieren darin, dass seine Vorderbeine ungewöhnlich kurz sind. Das hat zur Folge, dass der Hauptteil seines Körpers unerfreulich hoch in die Luft ragt, und das ist unschön. Sein Körperbau ist dem unseren sehr ähnlich, doch seine Fortbewegungsmethode zeigt, dass es nicht von unserer Art ist. Die kurzen Vorderbeine und die langen Hinterbeine weisen darauf hin, dass es der Familie der Kängurus angehört, aber es ist eine besondere Varietät dieser Spezies, insofern das echte Känguru hüpft, dieses hingegen nie. Dennoch stellt es eine merkwürdige und interessante Nebenform dar und ist bislang nicht katalogisiert worden. Da ich es entdeckt habe, fühlte ich mich berechtigt, mir das Verdienst der Entdeckung zu sichern, indem ich ihm meinen Namen verliehen und es folglich *Kangaroorum*

Adamiensis genannt habe ... Es muss sehr jung gewesen sein, als es zu uns kam, denn es ist seither beträchtlich gewachsen. Es dürfte jetzt etwa fünfmal so groß sein wie damals, und wenn es unzufrieden ist, kann es ungefähr zweiundzwanzig bis achtunddreißig Mal lautere Geräusche machen als am Anfang. Es zu bestrafen, ändert nichts daran, sondern bewirkt das Gegenteil. Ich habe das Verfahren aus diesem Grund aufgegeben. Sie besänftigt es durch Überredung und indem sie ihm Dinge gibt, von denen sie mir vorher erklärt hat, dass sie sie ihm nicht geben würde. Wie schon erwähnt, war ich nicht zu Hause, als es zu uns kam. Stattdessen hat sie mir erzählt, sie hätte es im Wald gefunden. Es kommt mir seltsam vor, dass es das Einzige sein soll, doch es gibt keine andere Lösung, denn ich habe in all diesen Wochen bis zur Erschöpfung versucht, ein Zweites zu finden, um es meiner Sammlung hinzuzufügen und auch damit das Erste eins zum Spielen hat. Mit Sicherheit wäre es dann ruhiger und wir könnten es einfacher zähmen. Aber ich kann kein Zweites finden, auch keine Überreste und – höchst seltsamerweise – auch keinerlei Spuren. Es muss auf dem Erdboden leben, es kann ja nicht anders. Wie also bewegt es sich fort, ohne je eine Spur zu hinterlassen? Ich habe ein Dutzend Fallen aufgestellt, aber es hat keinen Zweck. Ich fange alle Arten von Kleintieren außer diesem; Tiere, die mir aus reiner Neugier in die Falle gehen, ich glaube, nur um zu schauen, was die Milch da soll. Sie trinken sie nie.

Das Känguru wächst immer noch, was äußerst
seltsam und verwirrend ist. Ich habe nie ein
Känguru gesehen, das so lange braucht, um
erwachsen zu werden. Es hat jetzt Fell auf seinem
Kopf; kein Kängurufell, sondern genau wie unser
Haar, nur wesentlich dünner und weicher, und es
ist auch nicht schwarz, sondern rot. Wenn das so
weitergeht, verliere ich über die launenhaften,
leidigen Entwicklungen dieser unklassifizierba-
ren zoologischen Grille noch den Verstand.
Wenn ich wenigstens ein Zweites fangen könnte –
doch das ist hoffnungslos. Es ist eine neue Art
und das einzige Exemplar, das liegt auf der Hand.
Aber ich habe ein echtes Känguru gefangen und
mit nach Hause gebracht in dem Glauben, dass
unser eigenes vor lauter Alleinsein lieber mit
diesem zusammen sein würde, als gar keine
Verwandtschaft zu haben oder irgendein Tier, zu
dem es Nähe verspüren kann oder Zuneigung
erfährt in seiner elenden Lage hier unter Fremden,
die seine Eigenarten und Gewohnheiten nicht

kennen und gar nicht wissen, was sie tun sollen, damit es sich fühlt wie unter Freunden. Doch es war ein Fehler – es bekam beim Anblick des Kängurus solche Anfälle, dass außer Zweifel stand: Es war das erste Mal, dass es eins sah. Mir tut das arme kleine Brülltier leid, aber ich kann nichts tun, um es glücklich zu machen. Wenn ich es zähmen könnte ... Doch das steht völlig außer Frage; es scheint, ich mache es nur schlimmer, je mehr ich es versuche. Es tut mir im Herzen weh, mit anzusehen, wie Kummer und Zorn es schütteln. Ich wollte es gehen lassen, aber sie wollte nichts davon wissen. Das schien mir grausam und nicht ihre Art; und doch hat sie wahrscheinlich recht. Es wäre einsamer als je zuvor, denn wenn schon ich kein Zweites finden kann, wie sollte *es*?

Es ist kein Känguru. Nein, denn es hält sich aufrecht, indem es sich an ihre Finger klammert und auf diese Weise ein paar Schritte auf seinen Hinterbeinen läuft und dann wieder umfällt. Es ist wahrscheinlich irgendeine Art von Bär; aber es hat keinen Schwanz – noch nicht – und kein Fell, außer auf dem Kopf. Es wächst immer noch – das ist ein seltsamer Umstand, denn Bären sind viel früher erwachsen. Bären sind gefährlich seit der Katastrophe, und ich kann nicht zulassen, dass dieser hier noch länger ohne Maulkorb hier herumschleicht. Ich habe angeboten, ihr ein Känguru zu besorgen, wenn sie dies hier gehen lässt, aber es hat nicht geholfen. Ich glaube, sie ist fest entschlossen, uns allen möglichen idiotischen Gefahren auszusetzen. Bevor sie den Verstand verlor, war sie anders.

VIERZEHN TAGE SPÄTER

Ich habe sein Maul untersucht. Noch besteht keine Gefahr: Es hat nur einen Zahn. Es hat noch keinen Schwanz. Es macht jetzt mehr Geräusche denn je – und das vor allem nachts. Ich bin ausgezogen. Aber ich werde hinübergehen, jeden Morgen zum Frühstück, und nachsehen, ob es weitere Zähne bekommen hat. Sobald es das Maul voller Zähne hat, wird es Zeit, dass es verschwindet, Schwanz hin oder her, denn ein Bär braucht keinen Schwanz, um gefährlich zu sein.

Ich war einen Monat fischen und jagen, weiter nördlich in der Region, die sie Buffalo nennt; ich weiß nicht, warum, außer vielleicht, weil es dort gar keine Büffel gibt. Der Bär hat inzwischen gelernt, ganz ohne fremde Hilfe auf seinen Hinterbeinen herumzutapsen, und sagt »Poppa« und »Momma«. Er ist ganz ohne Zweifel eine neue Spezies. Diese Ähnlichkeit mit Wörtern mag natürlich vollkommen zufällig sein und keinerlei Zweck und Bedeutung haben; doch selbst in dem Fall ist sie immer noch außergewöhnlich und etwas, wozu kein anderer Bär in der Lage ist. Diese Nachahmung von Sprache, zusammen mit dem allgemeinen Mangel an Fell sowie dem vollständigen Fehlen des Schwanzes, weist deutlich genug darauf hin, dass es sich um eine neue Art von Bär handelt. Die weitere Beobachtung wird überaus interessant sein. In der Zwischenzeit unternehme ich eine ausgedehnte Expedition in die nördlichen Wälder und begebe mich in aller Gründlichkeit auf die Suche.

Es muss auf jeden Fall irgendwo noch einen Zweiten geben, und dieser hier wird weniger gefährlich sein, sobald er sich in Begleitung seiner eigenen Art befindet. Ich breche unverzüglich auf, aber zuerst lege ich ihm noch einen Maulkorb an.

Es war eine sehr, sehr ermüdende Jagd und doch
hatte ich keinen Erfolg. In der Zwischenzeit hat
sie einen anderen gefangen, ohne sich vom Fleck
zu rühren! Soviel Glück muss man haben. Ich
hätte diese Wälder hundert Jahre lang durch-
jagen können, und wäre diesem Ding doch
niemals begegnet.

NÄCHSTER TAG

Ich habe das Neue mit dem Alten verglichen,
und es ist vollkommen klar, dass sie von
derselben Art sind. Ich wollte eins ausstopfen
für meine Sammlung, doch sie ist aus irgendeinem Grund dagegen, also habe ich die Idee
wieder fallen gelassen, obwohl ich der
Meinung bin, dass es ein Fehler ist. Es wäre
ein unersetzlicher Verlust für die Wissen-
schaft, wenn wir sie verlieren. Das Ältere ist
jetzt zahmer als früher und kann lachen und
reden wie der Papagei, was er zweifelsohne
gelernt hat, weil er mit dem Papagei soviel Zeit
verbringt und ein ausgeprägtes Nachah-
mungsvermögen besitzt. Ich wäre überrascht,
wenn es am Ende eine neue Papageienart ist,
aber eigentlich macht es keinen Sinn,
überrascht zu sein, denn seit jenen ersten
Tagen, als es noch ein Fisch war, ist es schon
alles Mögliche gewesen, was immer ihm
einfiel. Das Neue ist jetzt so hässlich wie das
Alte am Anfang; hat dieselbe Gesichtsfarbe in

dieser Mischung aus Schwefel und rohem Fleisch und denselben unverwechselbaren Kopf, der kein Fell hat. Sie nennt es Abel.

ZEHN JAHRE SPÄTER

Es sind *Jungs*; wir sind dem schon lange auf die Schliche gekommen. Es war diese kleine, unausgereifte Gestalt, die uns verwirrt hat, als sie zu uns kamen; wir kannten das nicht. Es gibt jetzt auch ein paar Mädchen. Abel ist ein guter Junge, Kain wäre ein besserer geworden, wenn er ein Bär geblieben wäre. Ich begreife nach all diesen Jahren, dass ich mich in Eva am Anfang getäuscht habe; außerhalb des Gartens mit ihr zu leben ist besser als im Garten ohne sie. Zuerst dachte ich, dass sie zuviel redet, jetzt würde es mir leidtun, wenn diese Stimme verstummte und nicht mehr Teil meines Lebens wäre. Gepriesen sei die Kastanie, die uns zusammengeführt und mich gelehrt hat, die Güte ihres Herzens und die Anmut ihres Geistes zu erkennen!

TEIL 2
EVAS TAGEBUCH
(AUS DEM ORIGINAL ÜBERSETZT)

Ich bin jetzt fast einen ganzen Tag alt. Gestern bin ich angekommen. Jedenfalls kommt es mir so vor. Und so muss es gewesen sein. Denn falls es ein Vorgestern gab, war ich nicht dabei, als es stattfand, sonst würde ich mich erinnern. Es könnte natürlich auch sein, dass es stattfand und ich den Tag nicht bemerkt habe. Also gut. Ich werde ab jetzt auf der Hut sein, und falls irgendwelche Vorgesterns stattfinden, schreibe ich es auf. Es wird das Beste sein, es von Anfang an richtig zu machen und aufzupassen, dass das Protokoll nicht durcheinandergerät, denn irgendein Gefühl sagt mir, dass diese Details für die Geschichtsschreiber eines Tages von Bedeutung sein werden. Denn ich fühle mich wie ein Experiment, ich fühle mich genau wie ein Experiment; es ist vollkommen unmöglich, dass sich jemand mehr wie ein Experiment fühlt, als ich es tue, und so bin ich allmählich davon überzeugt, dass es das ist, was ich *bin* – ein Experiment; lediglich ein Experiment, weiter nichts.

Aber wenn ich ein Experiment bin, geht es dann nur um mich? Nein, ich glaube nicht. Ich glaube, es geht um mehr, und der Rest ist Teil des Ganzen. Ich bin der Hauptteil, aber ich glaube, der Rest ist an der Sache beteiligt. Ist meine Position sicher oder muss ich aufpassen und mich kümmern? Letzteres vielleicht. Irgendein Gefühl sagt mir, dass ewige Wachsamkeit der Preis für diese Vormachtstellung ist. Das ist ein guter Satz, glaube ich, für jemanden, der so jung ist wie ich.

Heute sieht schon alles viel besser aus als gestern. In der gestrigen Eile, alles noch rasch fertig zu bekommen, sind die Berge in zerklüftetem Zustand zurückgeblieben und einige Ebenen waren so übersät mit Abraum und Geröll, dass sie einen besorgniserregenden Anblick boten. Schöne und erhabene Kunstwerke sollten nicht der Eile unterliegen; und diese majestätische neue Welt ist allerdings ein höchst erhabenes und schönes Werk. Und kommt ungeachtet der Kürze seiner Entstehungszeit gewiss der Vollendung wunderbar nahe. An manchen Stellen gibt es zu viele Sterne und an anderen nicht genug, doch da kann zweifellos unverzüglich Abhilfe geschaffen werden. Der Mond hat sich letzte Nacht gelöst und ist heruntergerutscht und aus dem Gefüge gefallen – ein sehr großer Verlust. Es bricht mir das Herz, wenn ich daran denke. Keine der anderen Ornamente und Verzierungen ist ihm an Schönheit und Vollendung zu vergleichen. Er hätte besser befestigt werden müssen. Wenn wir ihn nur zurückbekommen könnten …

Aber es kann natürlich niemand sagen, wohin er verschwunden ist. Außerdem wird ihn verstecken, wer immer ihn findet. Ich weiß es, denn ich würde genau dasselbe tun. Ich glaube, ich kann in jeder anderen Beziehung ehrlich sein, allerdings fange ich jetzt schon an zu verstehen, dass der innerste Kern meines Wesens in der Liebe zur Schönheit besteht, in einer Leidenschaft für alles Schöne, und dass es nicht ungefährlich wäre, mir zu vertrauen, wenn es um einen Mond geht, der einer anderen Person gehört, zumal wenn diese Person nicht weiß, dass ich ihn habe. Ich könnte einen Mond wieder hergeben, den ich tagsüber finde, denn ich hätte immer Angst, dass mich jemand beobachtet; doch wenn ich ihn bei Dunkelheit fände, würde mir mit Sicherheit irgendeine Ausrede einfallen, kein Wort darüber zu verlieren. Denn ich liebe Monde wirklich, sie sind so hübsch und so romantisch. Ich wünschte, wir hätten fünf oder sechs. Ich würde niemals schlafen gehen. Und niemals müde werden, auf der Moosbank zu liegen und zu ihnen emporzuschauen.

Sterne sind auch gut. Ich wünschte, ich könnte ein paar davon besorgen, um sie mir ins Haar zu stecken. Doch ich vermute, ich werde es niemals schaffen. Du wärst überrascht, wenn du wüsstest, wie weit sie weg sind, denn man sieht es ihnen gar nicht an. Als sie letzte Nacht zum ersten Mal auftauchten, habe ich versucht, ein paar von ihnen mit einer Stange herunterzuschlagen, aber sie war nicht lang genug, was mich erstaunt hat; dann habe ich es mit Lehmklumpen versucht, bis ich völlig erschöpft war, doch es hat kein einziges Mal geklappt. Das war, weil ich Linkshänderin bin und nicht gut werfen kann. Selbst als ich auf den gezielt habe, den ich eigentlich nicht haben wollte, konnte ich den andern nicht erwischen, obwohl ich ein paar Mal nahe dran war. Denn ich habe gesehen, wie der schwarze Fleck des Lehmklumpens sicher vierzig oder fünfzig Mal mitten in die goldenen Sternhaufen gesegelt ist und sie immer nur knapp verfehlt hat, und wenn ich nur ein bisschen länger durchgehalten hätte, hätte ich mein Ziel vielleicht erreicht.

Also habe ich ein bisschen geweint, was ja für jemanden in meinem Alter ganz natürlich ist, nehme ich an. Und nachdem ich wieder ausge-ruht war, holte ich mir einen Korb und machte mich auf den Weg zu einem Ort am äußersten Rand der Kreisscheibe, dorthin, wo die Sterne nah am Erdboden sind und ich sie mit der Hand erreichen würde, was ohnehin viel besser wäre, weil ich sie dann sanft herunterpflücken könnte, ohne sie zu zerbrechen. Doch der Weg war länger, als ich dachte, und schließlich musste ich aufgeben. Ich war so müde, dass ich keinen Fuß mehr vor den anderen setzen konnte, und außerdem waren sie wund und haben mir sehr wehgetan.

Ich kam nicht mehr nach Hause. Es war zu weit und wurde kalt, aber ich habe ein paar Tiger gefunden und mich zwischen sie gekuschelt, und da hatte ich es wunderbar bequem und ihr Atem war süß und angenehm, denn sie ernähren sich von Erdbeeren. Ich war noch nie einem Tiger begegnet, doch an den Streifen erkannte ich sie sofort. Wenn ich nur eins von diesen Fellen haben könnte, ich würde ein wunderschönes Kleid daraus machen.

Heute habe ich schon ein besseres Gefühl für Entfernungen. Ich war so begierig auf all die schönen Dinge, dass ich gedankenlos nach ihnen griff, auch wenn sie manchmal zu weit weg und manchmal nur eine Handbreit von mir entfernt waren, die mir wie ein Fuß erschien – doch ach, mit Dornen dazwischen! Ich habe meine Lektion gelernt und im Übrigen meinen ersten Lehrsatz aufgestellt, ganz ohne fremde Hilfe – meinen allerersten: *Das zerkratzte Experiment meidet den Dorn.* Ich glaube, das ist ein sehr guter Lehrsatz für jemanden so jung wie ich.

Gestern Nachmittag bin ich, in einiger Entfernung, dem anderen Experiment gefolgt, um wenn möglich herauszufinden, wozu es gut ist. Es ist mir jedoch nicht gelungen. Ich glaube, es ist ein Mensch. Mir war bisher kein Mensch begegnet, aber es sah aus wie einer, und ich bin mir dem Gefühl nach ziemlich sicher, dass es ist, was es ist. Mir schwant, dass ich ihm gegenüber mehr Neugier empfinde als allen anderen Reptilien gegenüber. Falls es überhaupt ein Reptil ist, aber ich nehme es an, denn es hat ungepflegte Haare, blaue Augen und sieht aus wie ein Reptil. Es hat keine Hüften, stattdessen läuft es unten spitz zusammen wie eine Möhre, und wenn es steht, spreizt es sich auseinander wie ein Drehkran, deshalb vermute ich, dass es ein Reptil ist, auch wenn es genauso gut ein Bauwerk sein könnte.

Zuerst hatte ich Angst vor ihm und fing jedes Mal an wegzulaufen, sobald es sich umdrehte, weil ich dachte, es würde mich verfolgen. Doch nach und nach bemerkte ich, dass es nur versuchte, seinerseits vor mir zu fliehen, also war ich danach nicht mehr ängstlich, sondern bin seiner Spur in einer Entfernung von etwa zwanzig Metern mehrere Stunden lang gefolgt,

was es nervös und nicht sehr glücklich machte.
Am Ende war es dann ziemlich verstört und
kletterte auf einen Baum. Ich habe eine gute
Weile gewartet, dann gab ich auf und bin nach
Hause gegangen.

Heute das Gleiche noch einmal. Habe es wieder
auf den Baum gescheucht.

Es ist immer noch dort oben. Ruht sich offenbar aus. Aber das ist nur ein Vorwand: Sonntag ist kein Ruhetag; dafür ist der Samstag da. Für mich sieht das aus wie ein Wesen, das sich mehr fürs Ausruhen interessiert als für irgendetwas anderes. Mich würde soviel Ruhe völlig erschöpfen. Mich macht es ja schon müde, nur herumzusitzen und den Baum zu beobachten. Ich frage mich wirklich, wozu es taugt; ich sehe es niemals irgendetwas tun.

Gestern Nacht haben sie den Mond zurückgebracht, und ich war so glücklich! Ich finde das sehr anständig von ihnen. Er ist dann wieder nach unten gerutscht und hinuntergefallen, aber es hat mich nicht mehr beunruhigt. Es gibt keinen Grund, sich Sorgen zu machen, wenn man solche Nachbarn hat; sie holen ihn zurück. Ich würde ihnen gerne ein paar Sterne schicken, denn wir haben mehr, als wir brauchen können. Also, ich meine ich, nicht wir, denn mir ist völlig klar, dass dem Reptil an solchen Dingen nichts liegt.

Es hat nur niedere Vorlieben, und es ist nicht freundlich. Als ich gestern Abend in der Dämmerung vorbeiging, war es vom Baum heruntergekrochen und versuchte, die kleinen gesprenkelten Fische zu fangen, die im Teich dort spielen, und ich musste es mit Erde bewerfen, damit es wieder hinaufkletterte und die Fische in Ruhe ließ. Ich frage mich, ob es *das* ist, wozu es taugt? Hat es denn überhaupt kein Herz? Hat es denn überhaupt kein Mitleid mit diesen kleinen Kreaturen? Kann es sein, dass es für so ein niederträchtiges Verhalten entwickelt und erschaffen worden ist? Es sieht ganz danach aus. Einer von diesen Lehmklumpen traf es hinter dem Ohr, da hat es auf einmal geredet. Mir lief ein Schauer über den Rücken, denn es war das erste Mal, dass ich jemanden habe sprechen hören, außer mich selbst. Ich habe die Wörter nicht verstanden, aber sie klangen sehr expressiv.

Nachdem ich entdeckt hatte, dass es reden kann, spürte ich, dass mein Interesse neu erwacht, denn ich liebe zu reden; ich rede den ganzen Tag, sogar im Schlaf, und ich finde mich sehr interessant. Doch wenn ich noch jemand anderen zum Reden hätte, könnte ich doppelt so interessant sein, und würde nie wieder aufhören, falls gewünscht.

Wenn dieses Reptil ein Mensch ist, dann ist es kein *Es*, oder? Das wäre ungrammatisch, richtig? Ich glaube, es wäre ein *Er*. Glaube ich. In dem Fall würde man es so deklinieren: Nominativ *er*, Dativ *ihm*, Possessiv *sein*. Also gut, ich betrachte es als Mensch und nenne es »er«, bis es sich als etwas anderes erweist. Das ist praktischer, als mit so vielen Ungewissheiten zu leben.

Die ganze Woche bin ich hinter ihm hergelaufen und habe versucht, ihn kennenzulernen. Reden musste ich, denn er war schüchtern, aber es hat mir nichts ausgemacht. Es schien ihm zu gefallen, dass ich in seiner Nähe war, und ich habe sehr häufig das freundschaftliche »wir« benutzt, denn es schien ihm zu schmeicheln, dazuzugehören.

Wir kommen jetzt wirklich sehr gut miteinander aus und lernen uns immer besser kennen. Er versucht nicht mehr, mir aus dem Weg zu gehen. Das ist ein gutes Zeichen und zeigt mir, dass es ihm gefällt, wenn ich bei ihm bin. Das hat mich gefreut, und ich bemühe mich, ihm nützlich zu sein, wo ich nur kann, damit er mir mehr Beachtung schenkt. Während der letzten ein, zwei Tage habe ich ihm die gesamte Arbeit mit den Namen abgenommen. Das hat ihn sehr erleichtert, denn er ist selbst nicht sehr geschickt darin und offenkundig sehr dankbar. Ihm fällt im Leben kein vernünftiger Name ein, aber ich lasse ihn nicht spüren, dass ich seine Schwäche kenne. Immer wenn ein neues Tier vorbeikommt, gebe ich ihm einen Namen, bevor er überhaupt Zeit hat, sich durch betretenes Schweigen bloßzustellen. Auf diese Weise habe ich ihm schon so manche Verlegenheit erspart. Ich habe keinerlei Schwäche dieser Art. Sobald mein Blick auf irgendein Tier fällt, weiß ich, was es ist. Ich muss keinen

Moment darüber nachdenken; der richtige Name ist auf der Stelle da, wie eine plötzliche Eingebung, die es ohne Zweifel auch ist, denn ich bin sicher, er war wenige Sekunden vorher nicht in meinem Kopf. Ich scheine einfach nur an der Gestalt und am Verhalten der Kreatur zu erkennen, welches Tier es ist.

Als der Dodo zu uns kam, dachte er, es sei eine Wildkatze – ich sah es in seinen Augen. Doch ich habe ihn vor seinem Irrtum bewahrt und sehr darauf geachtet, dabei seinen Stolz nicht zu verletzen. Ich habe einfach ganz natürlich gesprochen, auf eine Art ganz angenehm überrascht und so, als würde ich im Traum nicht daran denken, ihn zu belehren. »Na ja«, hab ich gesagt, »ich muss schon sagen, wenn das nicht unser Dodo ist!« Dann habe ich erklärt, und zwar ohne dass es klang wie eine Erklärung, woher ich wusste, dass es ein Dodo war. Und obwohl ich dachte, er sei womöglich doch ein wenig gekränkt, dass ich das Tier erkannt hatte und er nicht, war es doch ziemlich offenkundig, dass er mich bewunderte. Das war äußerst angenehm, und ich dachte mehr als einmal voller Genugtuung daran, bevor ich einschlief. Wie wenig uns doch glücklich macht, wenn wir spüren, dass wir es verdient haben!

Mein erster Kummer. Gestern ist er mir aus dem Weg gegangen und es schien, als wünschte er, ich würde nicht mit ihm reden. Ich konnte es nicht glauben und dachte, es sei ein Versehen, denn ich war so gerne mit ihm zusammen und hörte ihn so gerne reden. Wie konnte es also sein, dass er so kalt zu mir war, wenn ich doch gar nichts getan hatte? Doch am Ende schien es doch wahr, also bin ich gegangen und saß einsam an jenem Ort, wo ich ihn zum ersten Mal gesehen habe, an dem Morgen, als wir geschaffen wurden und ich noch gar nicht wusste, was er war, und er mir noch ganz gleichgültig war. Jetzt aber war es ein trauriger Ort, und jeder kleinste Gegenstand erinnerte mich an ihn, und mein Herz war sehr wund. Warum, war mir nicht eben klar, denn es war ein neues Gefühl. Ich hatte es vorher nie gefühlt, und es war alles ein Rätsel und ich konnte es nicht lösen.

Doch bei Einbruch der Nacht hielt ich die Einsamkeit nicht länger aus und ging zu der neuen Hütte, die er gebaut hat, um ihn zu fragen, was ich falsch gemacht hatte und wie ich es wieder gutmachen und seine Gunst zurückgewinnen könne. Aber er schob mich hinaus in den Regen, und das war mein erster Kummer.

SONNTAG

Jetzt ist es wieder angenehm und ich bin glücklich. Doch die letzten Tage waren schwer; ich denke nicht mehr an sie, so gut ich kann. Ich habe versucht, ein paar von diesen Äpfeln für ihn vom Baum zu holen, aber ich schaffe es einfach nicht, geradeaus zu werfen. Es ist mir also nicht gelungen, aber ich glaube, der gute Vorsatz hat ihm gefallen. Die Äpfel waren verboten, und er sagt, ich würde ein Unglück erleiden. Aber wenn ich ein Unglück erleide, weil ich ihm eine Freude mache, warum soll mich dieses Unglück kümmern?

Heute Morgen habe ich ihm meinen Namen gesagt, in der Hoffnung, es würde ihn interessieren. Aber es war ihm egal. Das ist doch seltsam. Wenn er mir seinen Namen sagen würde, wäre es mir nicht egal. Ich denke, er würde in meinen Ohren angenehmer klingen als irgendein anderer Laut.

Er redet sehr wenig. Vielleicht weil er kein großer Kopf ist und ihm das wehtut und er es verbergen möchte. Es ist sehr schade, dass er so denkt, denn Geist allein ist nichts; es ist das Herz, in dem die wahren Werte liegen. Ich wünschte, ich könnte ihm klarmachen, dass ein liebendes, gutes Herz Reichtum bedeutet, Reichtum genug, und dass ohne Herz Verstand nur Armut ist.

Obwohl er so wenig redet, verfügt er über einen ziemlich beachtlichen Wortschatz. Heute Morgen hat er ein erstaunlich gutes Wort benutzt. Er hat offenbar selbst bemerkt, dass es ein gutes war und es danach ganz beiläufig noch zwei Mal verwendet. Es war nicht die hohe Kunst der Beiläufigkeit und doch hat es gezeigt, dass er über einen gewissen Sinn für Perfektion verfügt. Diesen Samen kann man ohne Zweifel wachsen lassen, wenn man sich um ihn bemüht.

Wo hat er das Wort bloß her? Ich glaube nicht, dass ich es jemals benutzt habe.

Nein, für meinen Namen hat er keinerlei Interesse gezeigt. Ich habe versucht, meine Enttäuschung zu verbergen, doch ich vermute ohne Erfolg. Ich bin gegangen und habe mich ans Moosufer gesetzt, mit den Füßen im Wasser. Ich gehe jedes Mal dorthin, wenn ich Sehnsucht nach Gesellschaft habe. Nach jemandem, den ich ansehen kann, nach jemandem, mit dem ich reden kann. Es reicht nicht – dieser bezaubernde weiße Körper, dort in den See gemalt –, doch es ist immerhin etwas, und etwas ist besser als vollkommene Einsamkeit. Es redet, wenn ich rede; es ist traurig, wenn ich traurig bin; es tröstet mich mit seinem Mitgefühl. Es sagt: »Sei nicht betrübt, du armes freundloses Mädchen. Ich bin dein Freund.« Es *ist* ein guter Freund für mich, und es ist mein einziger. Es ist meine Schwester.

Jenes erste Mal, da sie mich im Stich ließ! Ach, ich werde das nie vergessen, niemals … niemals. Mein Herz war Blei in meinem Körper! Ich sagte:

»Sie war alles, was ich hatte, und jetzt ist sie fort!«
In meiner Verzweiflung rief ich: »Brich, mein
Herz, ich kann mein Leben nicht länger ertragen!« und verbarg das Gesicht in den Händen,
und es gab für mich keinen Trost. Und als ich die
Hände wieder fortnahm, nach einer Weile, war
sie wieder da, so weiß und hell und schön, und
ich sprang ihr in die Arme!

Das war vollkommenes Glück! Ich hatte Glück
schon vorher erlebt, aber es war nicht wie dieses.
Dies war Ekstase. Ich habe danach nie wieder an
ihr gezweifelt. Manchmal blieb sie fort –
vielleicht eine Stunde, vielleicht fast einen ganzen
Tag –, aber ich wartete und zweifelte nie. Ich
sagte: »Sie hat gerade keine Zeit, oder sie ist auf
Reisen, aber sie wird kommen.« Und so war es:
Sie kam immer zurück. Nachts, wenn es dunkel
war, zeigte sie sich nicht, denn sie war ein ängst-
liches kleines Ding. Doch wenn der Mond schien,
war sie da. Ich habe vor der Dunkelheit keine
Angst, aber sie ist jünger als ich, sie wurde erst
nach mir geboren. Vielfach sind die Besuche, die
ich ihr abgestattet habe. Sie ist mein Trost und
meine Zuflucht, wenn mein Leben mir hart ist –
und das ist es meistens.

DIENSTAG

Ich habe den ganzen Vormittag gearbeitet, um unser Grundstück zu verschönern. Und ich habe mich absichtlich von ihm ferngehalten in der Hoffnung, er würde sich einsam fühlen und zu mir kommen. Aber er kam nicht.

Mittags habe ich aufgehört zu arbeiten und nur noch Pause gemacht und bin mit den Bienen und den Schmetterlingen überall herumgesegelt und habe mich an den Blumen berauscht, an diesen wunderbaren Wesen, die Gottes Lächeln aus dem Himmel küssen und es bewahren! Ich habe sie gepflückt und sie zu Kränzen und Girlanden gebunden und sie mir umgelegt, während ich zu Mittag aß – Äpfel natürlich –, dann saß ich im Schatten und habe gehofft und gewartet. Aber er kam nicht.

Was soll's. Es wäre ohnehin nichts daraus geworden, denn er macht sich nichts aus Blumen. Nennt sie Unkraut und kann nicht eine von der nächsten unterscheiden. Und hält es noch für überlegen, so zu denken. Er macht sich nichts aus mir, er macht sich nichts aus Blumen, er macht sich nichts aus dem Himmel, der am Abend in rotes Licht getaucht ist – gibt es überhaupt irgendetwas, aus dem er sich was macht, außer Hütten zu bauen, um sich vor dem schönen, klaren Regen zu verkriechen, Melonen aufzuschlagen, Trauben zu probieren und das Obst an den Bäumen zu befingern, um zu schauen, wie diese Besitztümer sich entwickeln?

Ich habe einen trockenen Zweig auf den Boden gelegt und versucht, mit einem anderen ein Loch hineinzubohren, weil ich etwas ausprobieren wollte, eine Idee, die ich hatte. Doch kurz darauf bekam ich einen fürchterlichen Schreck. Ein dünner, durchsichtiger, bläulicher Schleier schlängelte aus dem Loch hervor und ich habe alles fallengelassen und bin weggerannt! Ich dachte, es wäre ein Geist und hatte solche Angst! Doch dann schaute ich mich um, und er lief mir nicht hinterher. Also lehnte ich mich gegen einen Stein und kam wieder zu mir und verschnaufte und ließ meine Glieder weiter zittern, bis sie sich wieder beruhigt hatten. Dann kroch ich vorsichtig zurück, wachsam, lauernd und, falls nötig, bereit zu fliehen. Als ich wieder dort war, bog ich die Zweige eines Rosenstrauchs auseinander und lugte hindurch – hoffend, dass der Mann da irgendwo wäre, ich sah doch so süß und hübsch aus –, aber der Geist war verschwunden. Ich bin hingegangen und in dem Loch lag ein kleines Häufchen feiner, rosafarbener Staub. Ich steckte meinen Finger hinein, um ihn zu fühlen, und rief »Autsch!« und zog ihn wieder heraus. Es war ein ganz gemeiner Schmerz. Ich steckte mir den Finger in den Mund, stand auf einem Bein, dann auf dem anderen, stöhnte und linderte so meine Qual. Dann brannte ich vor Neugier und begann die Sache zu untersuchen.

Ich wollte unbedingt wissen, was der rosafarbene Staub war. Plötzlich fiel mir der Name ein, obwohl ich vorher nie davon gehört hatte. Es war *Feuer*! Ich war mir so sicher, wie man sich mit egal was auf der Welt nur sicher sein kann. Also habe ich es ohne zu zögern so genannt – Feuer.

Ich hatte etwas erschaffen, das es vorher nicht gab. Ich hatte den zahllosen Schätzen dieser Welt etwas Neues hinzugefügt. Das war mir sofort klar, und ich war stolz auf meine Leistung und wollte gleich losrennen und ihn finden und ihm davon erzählen, weil ich dachte, er würde dann endlich mehr Respekt vor mir haben – doch dann überlegte ich und ließ es sein. Nein – er würde sich nichts daraus machen. Er würde nur fragen, wozu das gut sei, und was sollte ich darauf antworten? Denn wenn es nicht für

irgendetwas *gut* war, sondern lediglich schön,
einfach nur schön …

Also seufzte ich und ging nicht hin. Denn es
war für gar nichts gut. Es konnte keine Hütten
bauen, keine Melonen veredeln, keine Obsternte
beschleunigen. Es war vollkommen nutzlos, reine
Torheit und eitles Theater. Er würde es verachten
und verhöhnen. Aber verachtenswert war es für
mich auf keinen Fall. Ich rief: »Oh, Feuer, ich
liebe dich, du zartes, rosafarbenes Geschöpf,
denn du bist schön – und mehr ist gar nicht
nötig!« und wollte es an meine Brust pressen.
Doch dann sah ich davon ab und dachte mir –
ganz ohne fremde Hilfe – wieder einen Lehrsatz
aus, auch wenn er dem ersten so sehr ähnelte,
dass ich Angst hatte, es wäre nur ein Plagiat:
»*Das gebrannte Experiment scheut das Feuer.*«

Ich bohrte weiter, und als ich reichlich Feuer-
staub beisammen hatte, warf ich ihn auf eine
Handvoll trockenes braunes Gras und wollte ihn
nach Hause tragen und damit spielen. Aber der
Wind fuhr hinein und er flog auf und fauchte
mich böse an, also ließ ich ihn fallen und rannte
weg. Als ich zurückschaute, türmte der blaue
Geist sich auf und streckte sich und zog wie eine
Wolke davon, und sofort fiel mir der Name dafür
ein – *Rauch!* Obwohl ich, auf mein Wort, vorher
nie von Rauch gehört hatte.

Kurz darauf schossen leuchtend gelbe und rote Lichter durch den Rauch, und ich gab ihnen auf der Stelle einen Namen – *Flammen* – und auch damit hatte ich recht, obwohl es die allerersten Flammen waren, die es auf der Welt je gab. Sie kletterten die Bäume hinauf, blitzten prachtvoll in und aus der riesengroßen und immer größer werdenden Masse rollenden Rauchs, und ich musste in die Hände klatschen und lachen und tanzen und war so begeistert, weil alles so neu und fremd und wunderbar und so wunderschön war!

Er kam angerannt und stand nur dort und starrte und sagte viele Minuten lang kein Wort. Dann fragte er, was das sei. Und ach, das war zu dumm, dass seine Frage so direkt war. Ich konnte doch gar nicht anders, als sie zu beantworten, und ich sagte, es sei Feuer. Und wenn es ihn geärgert hat, dass ich es wusste und er mich danach fragen musste, war's nicht meine Schuld. Ich wollte ihn nicht verärgern. Nach einer Weile fragte er: »Wie ist das passiert?«

Das war schon die zweite direkte Frage und auch sie erforderte eine direkte Antwort. »Ich habe es gemacht.«

Das Feuer wanderte weiter. Er trat an den Rand der verbrannten Fläche, stand da und schaute nach unten und sagte: »Was ist das?«

»Holzkohle.«

Er hob ein Stück auf, um es zu untersuchen, änderte jedoch seine Meinung und ließ es wieder fallen. Dann ging er weg. *Nichts* interessiert ihn.

Aber ich war interessiert. Überall lag Asche herum, grau und weich und zart und hübsch – ich wusste sofort, was es war. Und Glut; ich erkannte auch die Glut. Ich fand meine Äpfel, scharrte sie heraus und war froh, denn ich bin noch sehr jung und habe immer großen Hunger. Doch dann war ich enttäuscht. Sie waren alle aufgeplatzt und verdorben. Zumindest scheinbar verdorben, aber das stimmte überhaupt nicht – sie schmeckten viel besser als die rohen. Feuer ist etwas Schönes. Eines Tages wird es nützlich sein, glaube ich.

Letzten Montag bei Einbruch der Dunkelheit sah ich ihn kurz wieder, aber nur kurz. Ich hatte gehofft, er würde mich loben, weil ich versucht hatte, unser Grundstück zu verschönern, denn ich hatte es gut gemeint und hart gearbeitet. Aber es gefiel ihm nicht, und er drehte sich um und ließ mich stehen. Er war auch noch aus einem anderen Grund nicht zufrieden: Ich habe noch einmal versucht, ihn zu überreden, die Wasserfälle nicht mehr zu überqueren. Das kam, weil das Feuer mich ein neues Gefühl gelehrt hatte – ziemlich neu und deutlich anders als Liebe, Trauer und all die anderen Gefühle, die ich schon kannte. Angst. Es ist ein fürchterliches Gefühl. Ich wünschte, es wäre mir nie begegnet. Es bereitet mir düstere Stunden, es zerstört mein Glück, es lässt mich zittern, bangen und erschaudern. Aber ich konnte ihn nicht überzeugen, denn er hat die Angst noch nicht entdeckt, also hat er mich nicht verstanden.

TEIL 3
AUSZUG AUS ADAMS TAGEBUCH

Ich sollte mich vielleicht daran erinnern, dass sie noch sehr jung ist, ein kleines Mädchen noch, und nachsichtig sein. Sie ist ganz Neugier, Eifer, Heiterkeit, die Welt ist ihr ein Zauber, ein Wunder, ein Rätsel, eine Freude. Sie bringt vor lauter Entzücken kein Wort mehr heraus, wenn sie eine neue Blume entdeckt, sie muss sie hätscheln, streicheln, mit ihr reden und sie mit zärtlichen Namen überschütten. Und sie ist verrückt nach Farben: braune Felsen, gelber Sand, graues Moos, grünes Laub, blauer Himmel; perlmuttschimmernde Morgendämmerung, purpurne Schatten auf Berghängen, goldene Inseln, die bei Sonnenuntergang durch karmesinrote Meere gleiten, ein bleicher Mond, der durch zerklüftete Wolkenmassen treibt, Sterndiamanten, die aus dem Nichts des unendlichen Raumes funkeln – nichts davon ist, soweit ich sehe, von irgendeinem praktischen Wert, doch weil es Pracht und Farbe besitzt, reicht ihr das völlig aus und sie verliert darüber ganz den

Verstand. Wenn sie sich wenigstens beruhigen und hin und wieder ein paar Minuten stillhalten könnte, wäre es ein idyllisches Schauspiel. Ich glaube, in dem Fall könnte es mir sogar gefallen, sie anzuschauen; ich bin sogar sicher, dass es mir gefallen würde, denn langsam wird mir klar, dass sie eine außergewöhnlich bezaubernde Kreatur ist – geschmeidig, schlank, adrett, wohlgerundet und -geformt, lebhaft und anmutig. Und als sie eines Tages marmorweiß und sonnenüberflutet auf einem Felsen stand, die junge Stirn nach oben gereckt und mit der flachen Hand die Augen beschattend, um einen Vogelflug am Himmel zu verfolgen, da erkannte ich, dass sie schön war.

Falls es auf diesem Planeten etwas gibt, an dem sie nicht interessiert ist, dann steht es nicht auf meiner Liste. Es gibt Tiere, die mir egal sind, das ist aber für sie nicht der Fall. Sie macht da keinerlei Unterschied, sie kümmert sich um alle, sie glaubt, jedes einzelne sei ein kostbarer Schatz, jedes neue ist willkommen.

Als der gewaltige Brontosaurus seinen Fuß in unser Lager setzte, hielt sie ihn für eine Bereicherung. Ich dagegen für eine Katastrophe – das ist ein gutes Beispiel für den Mangel an Einklang, der unsere Einschätzung der Dinge beherrscht. Sie wollte ihn domestizieren, ich wollte ihm unser Gehöft überlassen und ausziehen. Sie glaubte, man könnte ihn zähmen, indem man ihn freundlich behandelt, und er wäre ein goldiges Haustier; ich sagte, ein Haustier, das einundzwanzig Fuß hoch und vierundachtzig Fuß lang ist, sei nichts, was man passenderweise einfach so um sich habe, denn immerhin könnte es sein, dass es sich auf unser Haus setzt und es zu Brei macht, selbst wenn es beste Absichten hegt und keinerlei Schaden anrichten will. Schließlich kann jeder an seinem Auge erkennen, dass es zerstreut sei.

Dennoch wollte sie dieses Monster um keinen Preis verlieren und konnte einfach nicht von ihm lassen. Sie dachte, wir könnten Milchwirtschaft mit ihm betreiben, und wollte, dass ich ihr helfe, es zu melken. Aber ich tat es nicht, es war zu gefährlich. Es hatte das falsche Geschlecht und eine Leiter hatten wir sowieso nicht. Dann wollte sie auf ihm reiten und sich die Gegend ansehen. Sein Schwanz maß dreißig oder vierzig Fuß und lag auf dem Boden wie ein umgestürzter Baum, und sie dachte, sie könnte an ihm hinaufklettern, aber sie hat sich getäuscht. Als sie an die Stelle kam, wo es steil wurde, war der Schwanz zu glatt und sie rutschte ab. Wenn ich nicht da gewesen wäre, hätte sie sich verletzt.

War sie jetzt endlich zufrieden? Nein. Nichts stellt sie jemals zufrieden außer der praktische Beweis; ungeprüfte Theorien sind nicht ihre Sache und sie will nichts davon hören. Es ist die richtige Einstellung, das gebe ich zu. Sie fasziniert mich, und ich merke, wie sie mich beeinflusst. Wäre ich länger mit ihr zusammen, ich glaube, ich würde mich selbst darauf verlegen. Nun ja, eine letzte Theorie über diesen Koloss hatte sie dann doch noch: Sie meinte, wenn wir es schafften, ihn zu zähmen und an uns zu gewöhnen, könnten wir ihn in den Fluss stellen und als Brücke benutzen. Natürlich war er, zumindest für ihre Begriffe, längst zahm genug, also probierte sie es aus. Doch die Theorie versagte. Jedes Mal, wenn sie ihn im Fluss an der richtigen Stelle postiert hatte und selbst wieder an Land ging, um auf seinem Rücken hinüberzulaufen, stieg er heraus und rannte ihr nach wie ein Schoßhund in Bergform. So wie die anderen Tiere. Sie machen es alle.

TEIL 4
EVAS TAGEBUCH
(FORTSETZUNG)

FREITAG

Dienstag, Mittwoch, Donnerstag – heute. Und all diese Tage, ohne ihn zu sehen. So lange allein, das ist viel. Aber dennoch: Allein ist immer noch besser als nicht willkommen.

Ich *musste* jemand um mich haben – ich glaube, ich bin dafür gemacht. Also freundete ich mich mit den Tieren an. Sie sind so bezaubernd und besitzen das liebenswerteste Wesen und allerhöflichste Manieren. Sie haben nie schlechte Laune, sie geben dir nie das Gefühl, dass du störst, sie lächeln dich an und wedeln mit dem Schwanz, sofern sie einen haben, und sie haben immer Lust, mit dir zu balgen oder einen Ausflug zu machen oder was immer du gerade vorschlägst. Ich glaube, sie sind die perfekten Kavaliere. An all diesen Tagen hatten wir so viel Spaß miteinander und ich habe mich nie alleine gefühlt. Alleine! Nein, das ganz sicher nicht. Wie auch, wenn immer ein ganzes Rudel dich umgibt – manchmal so viele, dass vier oder fünf Morgen Land von ihnen bedeckt sind, du kannst sie gar nicht zählen. Und wenn du dich mitten hinein auf einen Felsbrocken stellst und die pelzige Weite überblickst, dann ist sie vor lauter Farbe und wedelndem Glanz und Sonnengefunkel so bunt gesprenkelt und besprüht und übersät und vor lauter Streifen so wogend bewegt, man könnte meinen, es wäre ein See, außer dass du eigentlich weißt, es ist keiner. Und dort wehen Stürme geselliger Vögel und ganze Orkane schwirrender Flügel, und wenn die Sonne auf all die gefiederte Aufregung trifft, dann lodern sämtliche Farben empor, die du dir vorstellen kannst, genug, um dich erblinden zu lassen.

Wir haben ausgedehnte Touren gemacht und ich habe von der Welt eine Menge gesehen. Fast alles, würde ich sagen – und deshalb bin ich die erste Reisende, und natürlich die einzige. Das ist ein beeindruckender Anblick, wenn wir unterwegs sind – nirgendwo gibt es etwas Vergleichbares. Um es bequemer zu haben, reite ich auf einem Tiger oder Leoparden, denn sie sind weich und haben einen runden Rücken, der für mich passt – und sie sind so wunderhübsch. Doch auf längeren Strecken und wenn ich von der Landschaft mehr sehen will, reite ich den Elefanten. Er hebt mich auf seinem Rüssel nach oben, aber hinunter komme ich selbst. Sobald wir soweit sind, unser Lager aufzuschlagen, setzt er sich hin und ich rutsche seinen Rücken herunter.

Alle Vögel und Tiere sind freundlich zueinander und es gibt keinen Streit. Alle reden, und alle reden mit mir, aber es muss eine fremde Sprache sein, denn ich verstehe kein einziges Wort. Doch oft verstehen sie mich, wenn ich mit ihnen rede, vor allem der Hund und der Elefant. Ich schäme mich dafür. Es zeigt, dass sie klüger sind als ich und mir deshalb überlegen. Es ärgert mich, denn ich will selbst das Erste Experiment sein – und das lasse ich mir auch nicht mehr nehmen.

Ich habe eine Menge gelernt und bin jetzt gebildet, aber am Anfang war ich es nicht. Ich war unwissend. Früher zum Beispiel hat es mir keine Ruhe gelassen, dass ich nie clever genug war, zur richtigen Zeit am richtigen Ort zu sein, wenn das Wasser bergauf floss. Obwohl ich immer hingeschaut habe. Aber jetzt ist es mir egal. Ich habe experimentiert und experimentiert und jetzt weiß ich, dass es niemals bergauf fließt, außer im Dunkeln. Ich weiß, dass es im Dunkeln passiert, weil der See nie austrocknet. Das würde er aber, wenn das Wasser nachts nicht zurückkäme. Das Beste ist, die Dinge durch echte Experimente zu beweisen. Dann hat man *Wissen*. Wenn man sich hingegen auf bloße Vermutungen, auf

Hypothesen und Spekulationen verlässt, dann wird man niemals gebildet.

Manche Dinge *kann* man einfach nicht verstehen, aber man wird nie erfahren, dass man es nicht kann, wenn man immer nur vermutet und spekuliert. Nein, man muss geduldig sein und weiter experimentieren, bis man versteht, dass man nicht verstehen kann. Und es ist wunderbar, so vorzugehen, es macht die Welt so interessant. Denn wenn es nichts zu verstehen gäbe, wäre sie langweilig. Selbst wenn ich versuche zu verstehen und dann nicht verstehe, ist das genauso interessant, wie wenn ich versuche zu verstehen und dann verstehe, und ich weiß nicht, vielleicht sogar noch interessanter. Das Geheimnis des Wassers war ein Schatz, bis ich ihn hob. Danach fiel alle Aufregung ganz von mir ab und ein Gefühl der Leere blieb zurück.

Weil ich experimentiert habe, weiß ich: Holz schwimmt, und trockene Blätter und Federn und viele andere Sachen genauso. Also weiß man durch all diese akkumulierten Beweise: auch ein Stein schwimmt. Allerdings muss man sich damit begnügen, es einfach nur zu wissen, denn es gibt keine Möglichkeit, es zu beweisen – bisher jedenfalls. Aber ich werde eine Möglichkeit finden, und dann fällt auch *diese* Aufregung ganz von mir ab. Solche Dinge machen mich traurig, denn nach und nach, wenn ich alles verstanden habe, gibt es gar keine Aufregung mehr. Dabei liebe ich die Aufregung so! Neulich konnte ich nachts nicht schlafen, weil ich darüber nachdenken musste.

Am Anfang verstand ich einfach nicht, wozu es mich gibt. Aber jetzt glaube ich, dass ich dazu da bin, den Geheimnissen dieser wunderbaren Welt auf die Spur zu kommen, glücklich zu sein und ihrem Schöpfer zu danken, dass er sie erfunden hat. Ich denke, es gibt noch eine Menge zu lernen – ich hoffe es. Und wenn ich gut haushalte und mich nicht allzu sehr spute, glaube ich, dass ich noch viele, viele Wochen etwas davon habe. Ich hoffe es. Wenn man eine Feder in die Luft wirft, gleitet sie davon und ist bald nicht mehr zu sehen. Dann wirft man einen Klumpen Erde in die Luft, und er macht etwas anderes. Er fällt jedes Mal herunter. Ich habe es immer wieder versucht, und es war immer dasselbe. Ich frage mich, warum das so ist. Natürlich *fällt er nicht herunter*, aber warum *sieht es so aus*? Ich vermute, es ist eine optische Täuschung. Also eins von beiden zumindest. Ich weiß nur nicht, welches. Vielleicht die Feder, vielleicht der Klumpen Erde. Ich kann nicht beweisen, welches es ist. Ich kann nur zeigen, dass entweder die Feder oder der Klumpen ein

Schwindel ist, den Rest muss jeder für sich selbst entscheiden.

Durch Beobachtung weiß ich, dass die Sterne nicht unsterblich sind. Ich habe einige der schönsten von ihnen schmelzen und den Himmel hinabfließen sehen. Und wenn einer schmelzen kann, können auch alle anderen schmelzen. Und wenn alle schmelzen können, können sie auch alle in einer Nacht schmelzen. Dieser Schmerz wird kommen – ich weiß es. Ich habe mir vorgenommen, jede Nacht aufzubleiben und sie anzuschauen, solange ich wach bleiben kann; und ich werde diese funkelnden Felder meiner Erinnerung einprägen, sodass ich kraft meiner Vorstellung nach und nach, wenn sie allmählich verschwinden, diese märchenhaften Myriaden dem schwarzen Himmel zurückgeben und sie wieder funkeln lassen kann und sie durch den Schleier meiner Tränen verdopple.

NACH DER VERTREIBUNG

Wenn ich zurückblicke, erscheint mir der Garten wie ein Traum. Er war schön, hinreißend schön, zauberhaft schön. Jetzt ist er verloren und ich sehe ihn nie wieder.

Der Garten ist verloren, doch ich habe *ihn* gefunden und bin zufrieden. Er liebt mich, so gut er kann. Ich liebe ihn mit aller Kraft meines leidenschaftlichen Wesens, und ich glaube, das entspricht meiner Jugend und meinem Geschlecht. Wenn ich mich frage, warum ich ihn liebe, stelle ich fest, dass ich es nicht weiß und dass mir im Grunde auch wenig daran liegt, es zu wissen. Also vermute ich, dass diese Art von Liebe nicht das Ergebnis von Schlüssen und Berechnungen ist, so wie die Liebe zu anderen Reptilien und Tieren. Ich glaube, das muss auch so sein. Ich liebe bestimmte Vögel für ihre Lieder, aber ich liebe nicht Adam für seinen Gesang. Nein, das ist es nicht, im Gegenteil – je mehr er singt, desto weniger kann ich mich damit abfinden. Dennoch bitte ich ihn zu singen, weil ich

lernen will, alles zu mögen, woran auch er interessiert ist. Ich bin überzeugt, dass ich es lernen
kann, denn am Anfang konnte ich es nicht
ausstehen, jetzt aber doch. Die Milch wird davon
sauer, aber das macht nichts. An diese Art von
Milch kann ich mich gewöhnen.

Es ist nicht wegen seiner Gescheitheit, dass ich
ihn liebe – nein, das ist es nicht. Man kann ihm
seine Gescheitheit, so wie sie ist, nicht zum
Vorwurf machen, denn er hat sie nicht selbst
erschaffen. Er ist, wie Gott ihn erschaffen hat,
und das ist genug. Es lag eine weise Absicht
dahinter, das weiß ich. Mit der Zeit wird sie sich
entwickeln, obwohl ich glaube, dass es nicht
plötzlich geschieht. Im Übrigen gibt es keinen
Grund zur Eile – er ist gut genug, so wie er ist.

Es ist nicht wegen seiner Umgänglichkeit,
seiner Aufmerksamkeit und seines Taktgefühls,
dass ich ihn liebe. Nein, er zeigt in dieser
Hinsicht durchaus gewisse Schwächen, aber er
ist jetzt schon gut genug, und es geht aufwärts
mit ihm.

Es ist nicht wegen seines Fleißes, dass ich ihn
liebe – nein, das ist es nicht. Ich denke, er trägt
ihn in sich, und ich weiß nicht, warum er ihn
vor mir verbirgt. Das ist mein einziger Kummer.
Denn abgesehen davon ist er mir gegenüber
jetzt offen und aufrichtig. Ich bin sicher, dass er

mir bis auf dies eine nichts verschweigt. Es tut mir weh, dass er vielleicht ein Geheimnis vor mir hat, und manchmal raubt es mir den Schlaf, wenn ich daran denke, aber ich werde es mir einfach aus dem Kopf schlagen. Es soll mein Glück nicht stören, das sonst so überschäumend groß ist.

Es ist nicht wegen seiner Bildung, dass ich ihn liebe – nein, das ist es nicht. Er hat sich ja selbst alles beigebracht und weiß eigentlich Millionen Dinge, auch wenn sie immer anders sind.

Es ist nicht wegen seines guten Benehmens, dass ich ihn liebe – nein, das ist es nicht. Er hat mich verraten, aber ich gebe ihm dafür nicht die Schuld. Es ist eine Eigenart seines Geschlechts, glaube ich, und er hat sein Geschlecht nicht gemacht. Natürlich hätte ich ihn niemals verraten, eher wäre ich gestorben. Aber auch das ist eine Eigenart meines Geschlechts und ich rechne es mir selbst nicht an, denn ich habe mein Geschlecht nicht gemacht.

Was also ist es, wofür ich ihn liebe? Lediglich weil er ein Mann ist, glaube ich.

Im Grunde ist er ein guter Mensch und dafür liebe ich ihn, aber ich könnte ihn auch so lieben. Wenn er mich schlüge und missbrauchte, ich würde ihn weiter lieben. Ich weiß es, und ich glaube, es ist eine Frage des Geschlechts.

Er ist stark und hübsch und dafür liebe ich
ihn. Und ich bewundere ihn, und ich bin stolz
auf ihn, aber ich könnte ihn auch lieben, wenn er
es nicht wäre. Wäre er klein, ich würde ihn
lieben. Wäre er schwach, ich würde ihn lieben.
Und für ihn arbeiten und für ihn schuften und
für ihn beten und bis zu meinem Tod an seiner
Bettstatt wachen.

Ja, ich glaube, ich liebe ihn einfach nur, weil er
mein ist und ein *Mann* ist. Ich vermute, es gibt
keinen anderen Grund. Und deshalb denke ich,
es ist, wie ich am Anfang gesagt habe: dass diese
Art von Liebe nicht das Ergebnis von Schlüssen
und Berechnungen ist. Sie kommt einfach –
niemand weiß, woher – und kann sich nicht
erklären. Und hat es auch gar nicht nötig.

Das ist es, was ich denke. Aber ich bin nur eine
junge Frau und außerdem die erste, die diese
Dinge untersucht hat. Und vielleicht stellt sich
heraus, dass ich sie in all meiner Unwissenheit
und Unerfahrenheit nicht verstanden habe.

VIERZIG JAHRE SPÄTER

Ich bete dafür und bin von Sehnsucht erfüllt, dass wir gemeinsam aus diesem Leben scheiden – eine Sehnsucht, die auf dieser Erde nie erlöschen möge, sondern ihren Platz haben soll im Herzen jeder Frau, die liebt, bis ans Ende der Zeit. Und sie soll meinen Namen tragen.

Doch wenn einer von uns zuerst gehen muss, dann bete ich, dass ich es bin. Denn er ist stark und ich bin schwach, und er hat mich weniger nötig als ich ihn – das Leben wäre ohne ihn kein Leben. Wie sollte ich es ertragen? Auch dieses Gebet ist unsterblich und hört nicht auf, zu Gebote zu stehen, solange mein Stamm sich erhält. Ich bin die erste Frau und kehre in der letzten zurück.

AN EVAS GRAB

Wo immer sie war, *dort* war Eden.

Adam